詩人の声をきいた木

谷川俊太郎　詩
加賀見博明　写真

求龍堂

たった一本の「槐の木《えんじゅ》」が立っていた。
そこは、夏はキャベツ畑、冬は人を寄せつけない程の雪に覆われる、
標高一四〇〇メートルの山の麓である。
その木は、かつて雷に打たれ、焼け焦げた枝と裂けた幹のまま生きている。
今にも倒れそうな木だが、それでも、夏は台風の強い風に、
冬は豪雪と北風に吹かれながらも賢明に生きている。

写真家　加賀見博明

静けさが言葉を受胎し
朝の光に紛れて
詩が
生まれた

一つの大きな主張が
無限の時の突端に始まり
今もなお続いている
そして
一つの小さな祈りは
暗くて巨きな時の中に
かすかながらもしっかり燃え続けようと
今　炎をあげる

そこにはだれもいないのに
わすれることができなくて
そこにはだれもいないのに
なきたいようなひのひかり

ぼくはただ黙っている
ほとんどひとつの傷のように
その姿を心に刻みつけるために

今日のような日
昨日のような日
誰にも何も始らぬ日
誰にも何も終らぬ日

とりあえず
くつろいで
ここでここの
風をかぐのさ
ここでここの
光を見るんだ
ここにここの
今日がある

私が忘れ
私が限りなく憶えているものを
陽もみつめ　樹もみつめる

ほほえむことができぬから
青空は雲を浮べる
ほほえむことができぬから
木は風にそよぐ

木がそこに立っていることがで
きるのは
木が木であってしかも
何であるかよく分らないためだ

時は
ひとつ

午前4時19分、スーパームーンによる集光／左手前

おそろしいほど鮮やかに
魂のすみずみまで照らし出され
私はもう自分に嘘がつけなかった
私は〈おはよう〉と言い
その言葉が私を守ってくれるの
を感じた

おどおどすることはないのだ
私は樹のように立ち
水のように流れ
太陽に値いしている

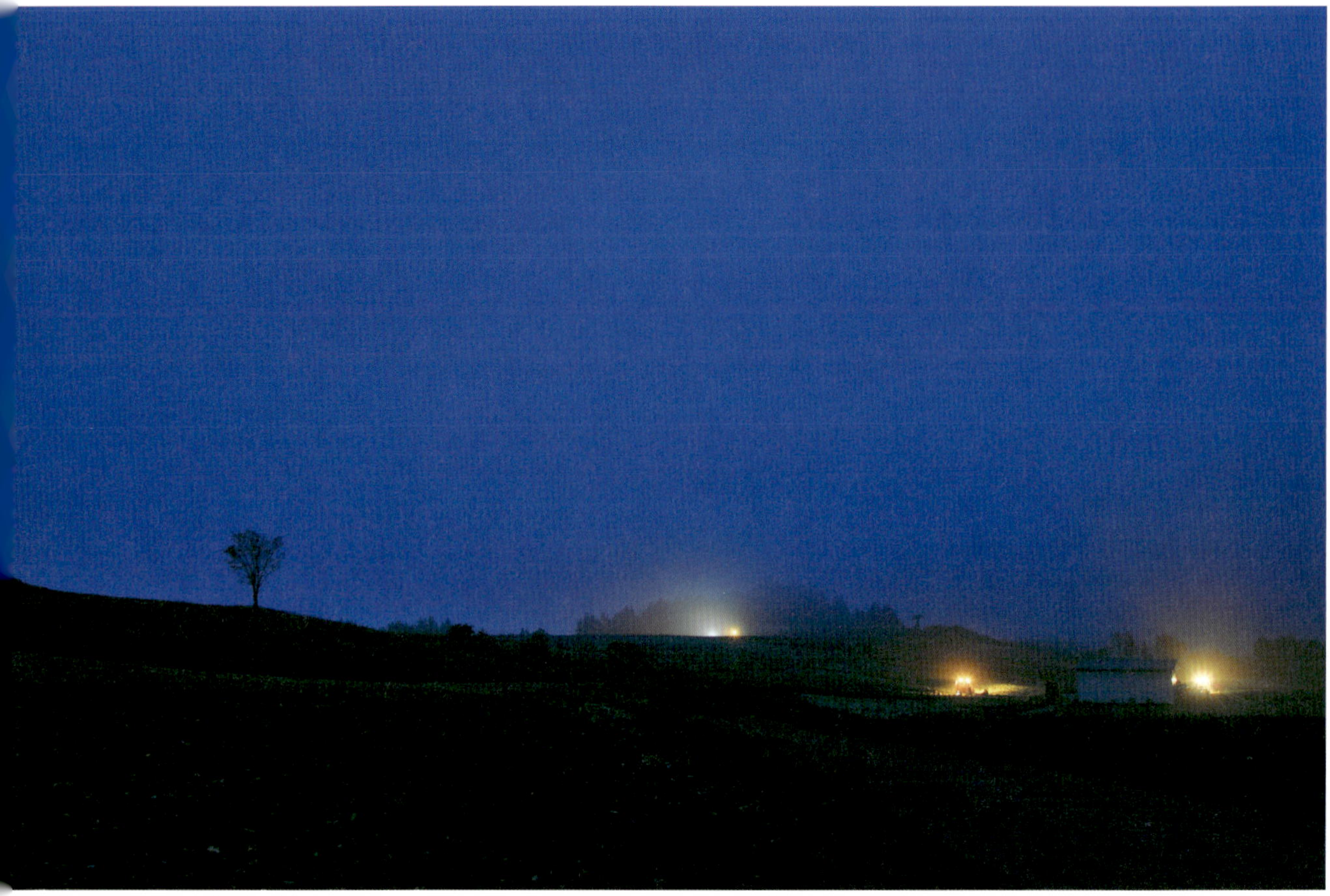

空とそして土の匂い
われわれのすべての匂いだ
しかしわれわれは
果して自分の立場を知っている
だろうか

そして私もそこにいたのだ
木に寄り添って　風に吹かれて
この地上に生を受けた同志として
いのちを喜ぶものとして

わたしが　いなくなっても
きっと　そらににじがたつ

それは今日のような日
明日のような日
私が泣けないで黙っている日

……私はひとを呼ぶ
すると世界がふり向く
そして私がいなくなる

風が吹き
あのきびしく大きな風が吹き
僕はひとつの海を目指している

ここはどこ?
ここはここさ
空のした
星のうえ

雲のつむじの下
波立つ星の皮膚

月

「夜を美しくすることが
死者の眼を輝やかせることが
私を悲しませる
私の上には誰もいない
私に触るがいい
そうすれば地球の冷たさも解るだろう」

だまって　みつめながら
だまって　輝きながら

金色に輝く雲の縁
音楽の
誘惑

いくら耳をすませても沈黙を聞くことは出来ないが
静けさは聞こうと思わなくとも聞こえてくる
ぼくらを取り囲む濃密な大気を伝わって
沈黙は宇宙の無限の希薄に属していて
静けさはこの地球に根ざしている

月がみている
全く冷静な第三者として

私は宇宙に手をのばす
私は一生を予感する
私は限りなく帰ってゆこうとする
一瞬若葉の影がゆれる

星座は何度も廻り
たくさんのわれわれは消滅し
たくさんのわれわれは発生し

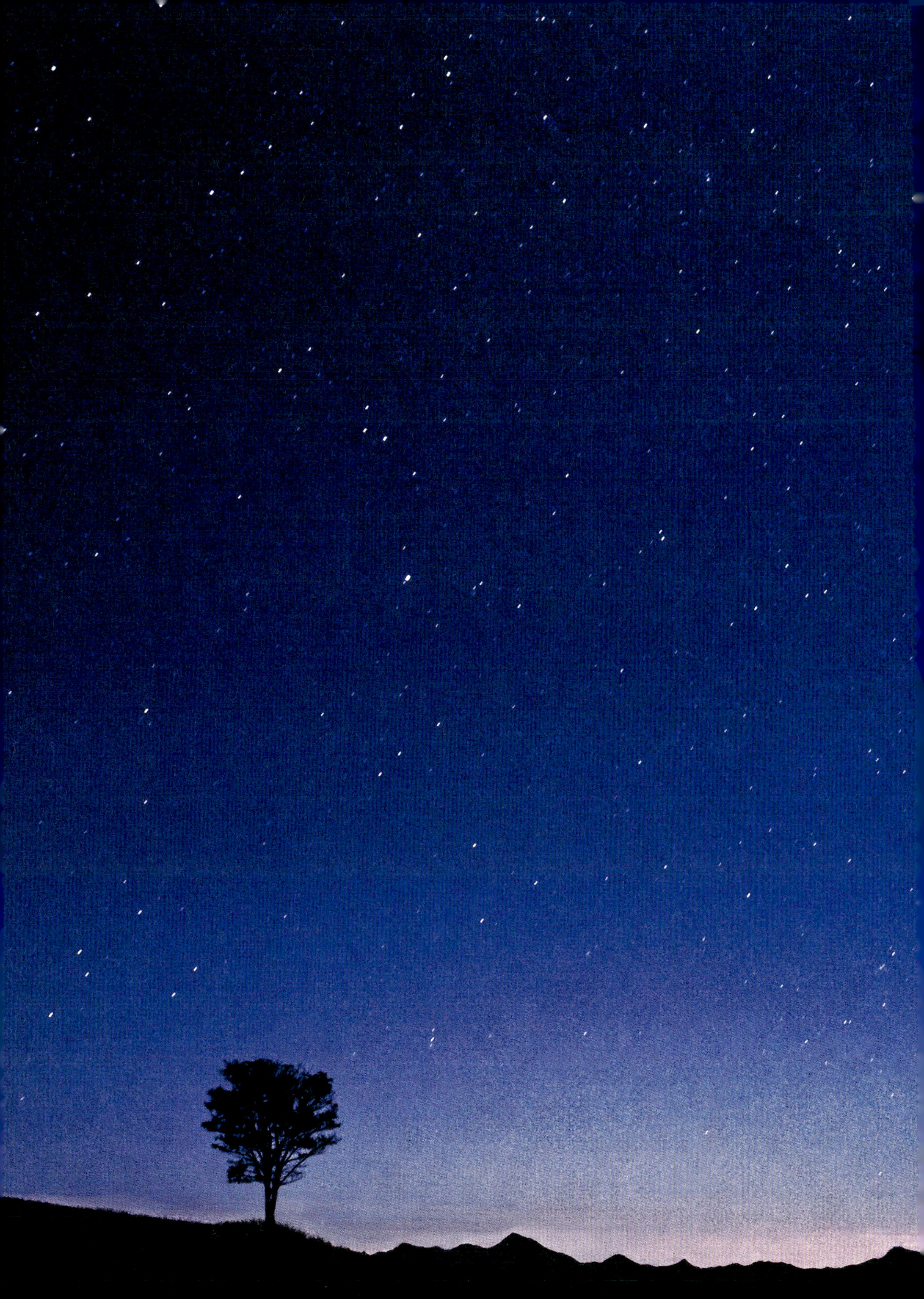

遠くから歌声の聞こえてくる星
風の星

そして
最後のかなしみはもう
夢の中にしかない

なんにもないから空があるんだ
今日という日が始まるんだ

我等また
風に鳴る笛
野に立って
息を待つ

その日の夕焼が私を生かす

ただそこに在る
夕暮
悲しみは
言葉を離れ
心を離れ
ただここに在る
今日のものたち

わたしは　めをつむる
なのに　あめのおとがする

雨に
林と空と私が塗りつぶされる

雨よ降れ
よみがえる緑の上に
雨よ降れ
きらめく明日のために
雨よ降れ　今日は

うつむいて
うつむくことで
君は生へと一歩踏み出す

ひとつの美しい旋律の終りの無名の死は
もうどんなかすかな音も立てない

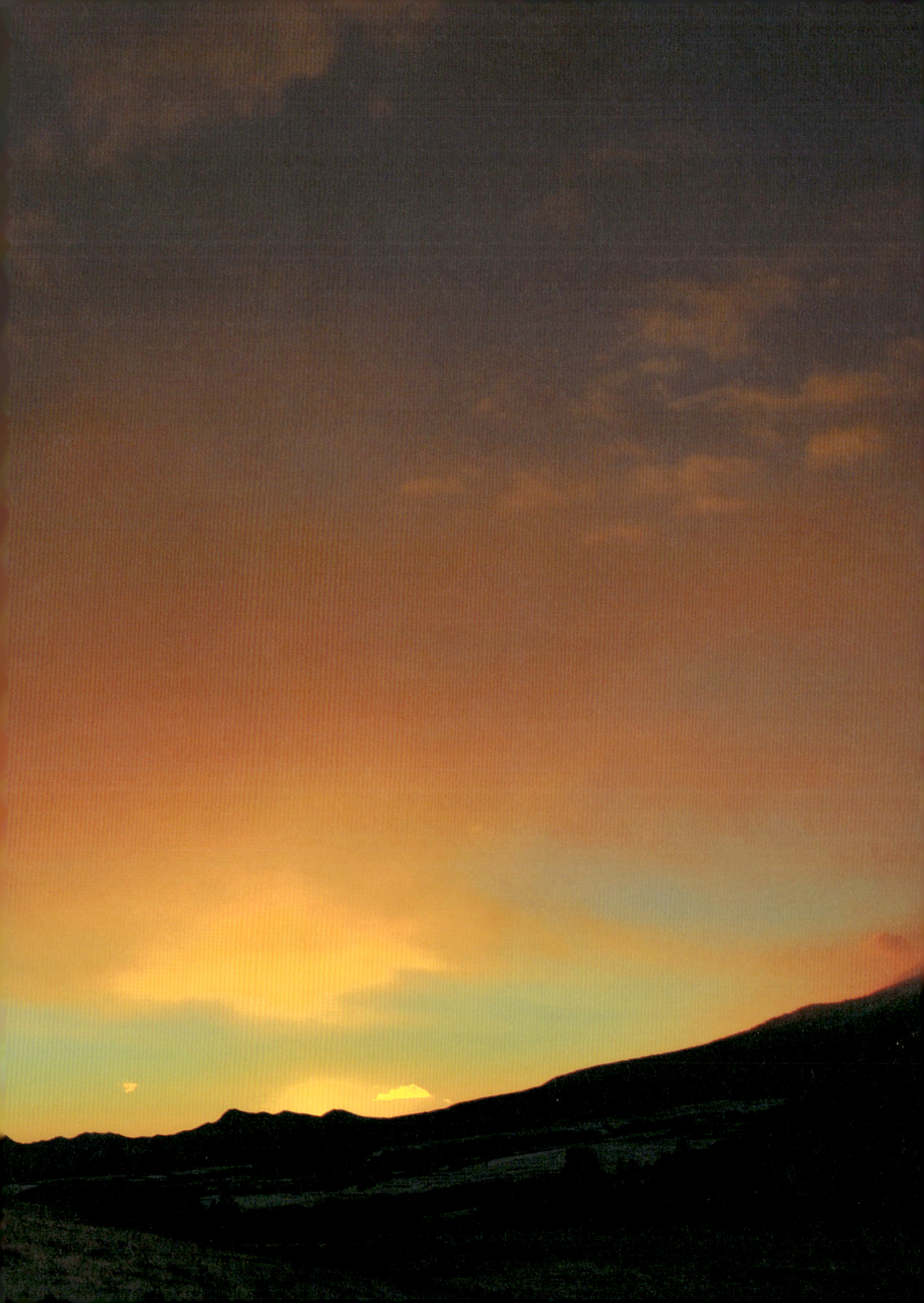

何の詩もないのに
何の音楽もないのに
心にひとつのリズムが現れ
眼に涙が浮かぼうとしている

私は予言する、もはや予言者は決して現れることはないだろうと。

樹の形して
樹は風に鳴っている
それはどこの風景でもいい

ひとりぼっちの幸せ
歌えぬ幸せ
幸せは僕ひとりから始まる
世界じゅうの不幸な人々に
とりかこまれて

ゆるやかな風の流れの中で
翼は見えない空気の指にはじかれる

風に砕かれて
光が
踊っていた
記憶

遠い歌声
風のそよぎ
聞こえるだろうか
いま

わたしは　いきをとめる
なのに　ときはすぎてゆく

今　霊感が追い越してゆく
私に僅かな言葉を遺して
何事かを伝えるためではない
言葉は幼児のようにもがいている

あす
わたしは
あなたに
あいたい

あなたは
どこ？

出典

本書に掲載した詩は次の詩集に掲載された詩作品からの抜粋です。頁数は本書の掲載頁です。

『うつむく青年』一九八九年　株式会社サンリオ
四〇頁：「海」、七三頁：「雨よ降れ」、七六頁：「うつむく青年」

『空に小鳥がいなくなった日』一九九〇年　株式会社サンリオ
九頁：「にわ」、三八頁：「ここ」、一八頁：「ほほえみ」、二三頁：「朝のかたち」、二四頁：「私は」、六〇頁：「かなしみについて」、六一頁：「なんにもない」、九一頁：「幸せ 2」

『旅』一九九五年　求龍堂
四七頁：「anonym 4」、八二頁：「鳥羽 4」、八八頁：「旅 7」、一〇六頁：「鳥羽 addendum」

『すてきなひとりぼっち』二〇〇八年　株式会社童話屋
一五頁：「ここ」、三五頁：「62」

『二十億光年の孤独』二〇〇八年　集英社文庫
二七頁：「暗い翼」、三七頁：「風」、四二頁：「一九五一年一月」、四四頁：「運命について」、八頁：「祈り」、五〇頁：「地球があんまり荒れる日には」、五三頁：「初夏」、五四頁：「博物館」、七一頁：「梅雨」

『絵本（復刻普及版）』二〇一〇年　澪標
一一頁・三一頁：「この日」、六五頁：「生きる」

『自選 谷川俊太郎詩集』二〇一三年　岩波文庫
一〇頁：「ぼくは言う」、一七頁：「1 木陰」、二九・六九・一〇二頁：「にじ」、六六頁：「悲しみは」、二〇頁：「木」、四八頁：「夕立の前」、五六頁：「私たちの星」六四頁：「奏楽」、七八頁：「空耳 Vietnam 1969」、八四頁：「ポラロイドカメラ」、九五頁：「一本胴―桑原甲子雄の写真によせて―」、九八頁：「地球の客」、一〇八〜一〇九頁：「あなた」

『あたしとあなた』二〇一五年　ナナロク社
二二頁：「今」、九六頁：「木洩れ陽」

『空を読み　雲を歌い　北軽井沢・浅間高原詩篇　一九四九－二〇一八』二〇一八年　有限会社アーツアンドクラフツ
五頁・二八頁：「いのちを喜ぶ」

谷川俊太郎（たにかわ・しゅんたろう）

一九三一年東京生まれ。一九五二年、詩集『二十億光年の孤独』でデビュー。以後、詩作のほかに絵本、翻訳、エッセイ、作詞ほか、幅広い活動を続ける。また、公式ウェブサイトの「谷川俊太郎＊com」ではさまざまな情報を発信。

加賀見博明（かがみ・ひろあき）

一九七三年、日本大学法学部卒業後、東京写真専門学校に入学。卒業後、写真家　桑原英晃氏に三年間師事。一九八〇年、広告制作会社スタジオVに入社、一九八八年に独立、加賀見博明写真事務所設立。一九八九年　スタジオ併設。二〇一九年現在に至る。広告写真活動の傍ら、ライフワーク「たった一本の槐の木」を一九九八年より一五年間撮影。朝日広告賞A部門賞、ＫＯＤＡＫ広告写真塾にて優秀作品賞／優秀写真賞を受賞、ＪＰＳ／ＡＰＡアワード数回入選。

E-mail :h-kagami@juno.ocn.ne.jp

http://www.kagami-photography.com

詩人《しじん》の声《こえ》をきいた木《き》

発行日　二〇一九年三月一六日

著　者　詩　谷川俊太郎（たにかわ・しゅんたろう）
　　　　写真　加賀見博明（かがみ・ひろあき）

発行者　足立欣也
発行所　株式会社求龍堂
東京都千代田区紀尾井町三−二三
文藝春秋新館一階　〒一〇二−〇〇九四
電話　〇三−三二三九−三三八一（営業）
〇三−三二三九−三三八二（編集）
http://www.kyuryudo.co.jp

編集・装幀　清水恭子（求龍堂）
印刷・製本　株式会社東京印書館

ISBN978-4-7630-1903-5 C0090